DAS ETWAS ANDERE FUSSBALLMÄRCHEN

Aus einer Hochzeit des Braunschweiger Fußballs

Rolf Appel

Bibliografische Informationen
der Deutschen Nationalbibliothek:
Die Deutsche Nationalbibliothek verzeichnet diese Publikation
in der Deutschen Nationalbibliografie;
detaillierte bibliografische Daten sind im Internet
über dnb.dnb.de abrufbar.

© 2019 Rolf Appel – Werlaburgdorf
3. Auflage 2022

Herstellung und Verlag: BoD-Books on Demand, Norderstedt

Grafik: Gelner Tivadar/ Shutterstock.com

ISBN: 978-3-7568-9241-9

DAS ETWAS ANDERE FUSSBALLMÄRCHEN

Ein Mann begegnet nach einer Auslandsreise, zurück in seiner Heimatstadt, in einem kleinen Bistro, einem Fußballengel. Beide kommen ins Gespräch und der Fußballengel offenbart ihm eine Geschichte aus der Hochzeit des Braunschweiger Fußballs.

Ein „Märchen" vor dem Hintergrund einer sehr guten Zeit von Eintracht Braunschweig, dem Deutschen Fußballmeister von 1967.

Der sachbezogene zweite Teil erinnert an diese erfolgreiche Zeit. Im Hinblick auf die Fußballszene von damals sind deren Fakten Grundlage für einen reichen Schatz an Erinnerungen, wenn auch der Blickwinkel heute ein anderer ist.

An dieser Stelle ein herzlicher Dank an Wolfgang Eberhard. Er hatte die Anregung zu diesem Buch.

Wolfgang hat mich mit Rat und Tat unterstützt und das Vorwort geschrieben.

Rolf Appel

INHALT

VORWORT

WOLFGANG EBERHARD

Meine Kompetenz, über Fußball zu schreiben, ist denkbar gering. Die eigenen fußballerischen Erfahrungen beschränkten sich hauptsächlich auf planloses Balltreten in der Badeanstalt. Ich erinnere mich zwar noch daran, dass jede Pause in der Schule genutzt wurde, um auf dem hinteren Schulhof Fußball zu spielen. Als Ball musste ein Stein dienen oder, wenn denn vorhanden, ein Tennisball. Immer auf der Hut vor aufsichtsführenden Lehrern, denen das „Gekicke" ein Dorn im Auge war. Wenn dort Mitspieler gesucht wurden, war ich allenfalls dritte Wahl. Mein Versuch, auch einmal mitzuspielen, endete mit einer abgerissenen Schuhsohle.

Was das alles mit Rolf Appel zu tun hat? Rolf und ich saßen in der selben Klasse. Er war auf dem Schulhof mittendrin, leidenschaftlich und engagiert. Das genaue Gegenteil von mir. Bereits 1957 spielte er, noch als Feldspieler, in den Knabenmannschaften des MTV Braunschweig. Beim MTV dann zum Tormann ausgebildet und gereift, wechselte er später zu Eintracht Braunschweig. Hier brachte er es bis zum deutschen Amateur-Vizemeister. Die Zeitungen lobten sein Talent und seinen Einsatz. Mit der Niedersachsenauswahl reiste Rolf nach Indien, mit der Stadtauswahl nach Frankreich. Kurzum: Er war einer der Top-Torleute im Braunschweiger Fußball und auf Landesebene. So mancher Experte traute ihm Großes zu.

Nach dem Ende der Schulzeit verloren wir uns aus den Augen. Ich muss zu meinem Bedauern gestehen, dass ich den sportlichen Erfolg von Rolf nicht verfolgt habe. Ein oder zweimal hörte ich von Bekannten davon.

Als wir uns anlässlich eines Klassentreffens nach fünfzig Jahren wiedersahen, sprach er nicht vom Fußball. Er erzählte mir von den Ausgrabungen auf dem Gelände der Pfalz Werla. Ich besuchte ihn in seinem Zuhause in Werlaburgdorf und er führte mich über das Pfalzgelände. Später machten wir Ausflüge in den nördlichen und südlichen Harz auf den Spuren der Ottonen.

In den darauffolgenden Jahren trafen wir uns in Braunschweig mehrmals zum Kaffee. Und erst dabei sprachen wir über Fußball. Zuerst über Fußball in der heutigen Zeit. Natürlich kamen wir auch auf Eintracht Braunschweig zu sprechen. Doch dann erzählte Rolf aus seiner aktiven Zeit. Seine Erzählungen waren mit Insiderwissen aus den 1960er und 1970er Jahren gespickt. Es war informativ, sehr amüsant und manchmal auch erschreckend.

Ich spürte, dass seine alte Leidenschaft ungebrochen war. In seiner aktiven Zeit war sein Tagesablauf geprägt von seinen Bemühungen, berufliche und sportliche Anforderungen in Einklang zu bringen. Gebraucht und gefordert im Geschäft und dabei gleichzeitig „professionell" Fußball spielen, konnte das unter den immer härter werdenden Bedingungen im Profifußball gutgehen? Rolf hat daraus seine persönlichen Konsequenzen gezogen, die meinen Respekt verdienen.

Da ich natürlich von Rolfs schriftstellerischen Arbeiten wusste, schlug ich ihm vor, doch einmal darüber nachzudenken, ob er seine Erfahrungen und Erlebnisse nicht zu Papier bringen wollte. Er hat nachgedacht und das Ergebnis liegt hier vor: eine

9

„himmlische Geschichte" vor biografischem Hintergrund.

Ich wünsche Rolf und seiner Frau Christel alles Gute.

DAS ETWAS ANDERE FUSSBALLMÄRCHEN
GEFÄHRLICHES SPIEL

Es war in den frühen Abendstunden eines kühlen, verregneten Spätsommertages. Eine berufliche Auslandsreise hatte ich wieder einmal hinter mir. Vom Flughafen gekommen, besuchte ich das kleine Bistro hinter der Marktkirche in unserer Vorstadtsiedlung.

Vor der einbrechenden Dunkelheit wollte ich nach der anstrengenden Reise noch etwas entspannen, zumal meine Frau erst am frühen Morgen ihre Nachtschicht im nahen Krankenhaus beendete. Unser Lieblingscafé, zwei Straßenecken von uns Zuhause entfernt, hatte schon geschlossen.

Das Bistro, ein Treffpunkt der hiesigen Fußballszene, war gut besucht. Nur der kleine Ecktisch in der etwas abgedunkelten hinteren Raumecke war noch frei. Am Nachbartisch servierte die nette Besitzerin Currywurst mit Pommes. Ich setzte mich an den Ecktisch und bestellte ein Pils. Dabei beließ ich es. Im vorderen Raum, am großen Deckenmonitor für alle gut sichtbar, lief die Übertragung eines Fußballspiels.

Einen Moment später, nachdem ich mich gesetzt hatte, wurde es dunkel im Lokal. Die Besitzerin beruhigte. Nur ein zentraler, schnell behebbarer Sicherungsschaden. Als es dann wieder hell wurde, begrüßte mich ein auffallend weiß gekleideter graumelierter Herr. Er hatte sich in der Zwischenzeit zu mir an den Tisch gesetzt. Ich begann mit ihm ein Gespräch.

„Hallo, stört Sie die Übertragung oder sind Sie auch ein Fußballfan?"

Mein Gegenüber antwortete ruhig und besonnen.

„Wie man es nimmt. Ein Interessierter am Fußballgeschehen in dieser Stadt bin ich zu jeder Zeit."

„Das ist gut so! Es gab eine Zeit da war ich ein ehrgeiziger Aktiver. Die liegt aber schon länger zurück. Mein Interesse am Fußball ist aber weiter vorhanden."

„Da habe ich mal wieder die richtige Platzwahl getroffen und freue mich auf das Gespräch mit Ihnen."

Ich nippte an meinem Pils. Im Raum wurde lautstark eine Schiedsrichterentscheidung diskutiert. Der gute Mann hatte auf Strafstoß entschieden. Mein Gegenüber sah mich an.

„Der Tormann wird den Strafstoß halten!"

„Bitte? Das ist eine Liveübertragung. Woher wollen Sie das wissen?"

Ein Aufschrei, der Strafstoß war vom Tormann abgewehrt worden.

„Ich kenne mich bei Torleuten aus."

„Kommen Sie, die Chancen stehen 50 zu 50. Sie haben einfach Glück gehabt."

„Warten Sie ab! Nach 40 Sekunden, wenn Sie jetzt auf ihre Uhr schauen, wird der Torwart der anderen Seite außerhalb des

Strafraums ein Foul begehen und dafür die rote Karte sehen."

Ich schaute auf meine Uhr und tatsächlich nach 40 Sekunden trat die Voraussage meines Gegenübers ein.

„Ich bin verblüfft. Woher wissen Sie das? Ich bin leicht verwirrt. Wer sind Sie? Das ist doch nicht möglich."

„Bei uns Himmlischen ist alles möglich. Gestatten, neben Ihnen sitzt einer der für den Fußballgott arbeitete. Ein Fußballengel, der vom Himmel auf die Erde schwebte und dafür sorgte, die Wünsche und Pläne seines Chefs umzusetzen. Heute bin ich in anderer Mission unterwegs, aber den Kontakt zu meinen ehemaligen Kollegen pflege ich noch immer."

Mein Gegenüber schaute zum Nachbartisch. Dann betrachtete er gedankenverloren seine Hände. Ich wollte mehr von ihm wissen.

„Fußballgott und Fußballengel, wie soll ich das verstehen?"

„Ich gehörte zu einer höheren Fußballinstanz, die ausschließlich für die Fußballfamilie da war. Es war unsere Aufgabe, Leitfiguren zu formen und spätere Stars auf den richtigen Weg zu bringen. Sie sollten die großen Vorbilder der vielen Fußballbegeisterten werden."

„Sie scherzen oder bin ich so müde von meinem Flug, dass ich schon träume."

„Hören Sie mir einfach gut zu. Wann sitzt bei Ihnen schon mal ein ehemalige Fußballengel am Tisch und wann fasst dieser so viel Vertrauen in sein Gegenüber, dass er sich ihm offenbart?"

„Ein Fußballengel also und warum ehemaliger?"

„Es gab da eine Geschichte, die brachte mich an die Grenzen meines Engelsdaseins. Auch wenn es schon eine Weile her ist, es betrifft die fußballerische Entwicklung in dieser Stadt zu Hochzeiten. Ich war auf höchster Ebene dabei."

„Auf höchster Ebene? Jetzt haben Sie mich doch neugierig gemacht! Ehe wir weiter erzählen, darf ich Ihnen ein Pils bestellen?"

15

„Nein, Sie können es sich schon denken, striktes Alkoholverbot bei uns Himmlischen."

Ich schmunzelte.

„Legen Sie los mit Ihrer Geschichte!"

„Lassen Sie sich von mir in die 1960er und 1970er Jahre führen. Es war eine neuerliche Zeit des Aufbruchs im deutschen Fußball. Neue Klasseneinteilungen und viel Neues im Regelwerk. Die erste Bundesliga war 1963 eingeführt worden. Unter meinen Kollegen galt ich damals als ein sehr erfahrener Fußballengel. Schließlich hatte ich schon einige Auszeichnungen erhalten. Meinen größten Erfolg feierte ich 1954, als die deutsche Mannschaft die Weltmeisterschaft errang. Ich war verantwortlich für die Leistung des deutschen Torwarts. Dass dieser später von einem Reporter als Fußballgott bezeichnet wurde, sorgte bei uns Himmlischen allerdings für Verstimmung."

„Den Erfolg von 1954 kenne ich nur aus der Sportgeschichte, da war ich noch zu jung. Aber gut erinnere ich mich, dass wir

in den 60er und 70er Jahren des vorigen Jahrhunderts eine starke Nationalmannschaft hatten."

„Eine neue Hochzeit begann. Der Fußballgott hatte beschlossen, dass die Fußballnationalmannschaft der Bundesrepublik Deutschland spätestens bis Mitte der 1970er Jahre erneut den Weltmeistertitel holen sollte. Bereits 1966 verpasste die deutsche Mannschaft den Titel nur knapp gegen die Männer von der Insel. Doch gegenüber der jetzigen Vorgabe waren 1966 die Engländer in ihrem Heimatland an der Reihe. Den Deutschen blieb nur der zweite Platz. Meine Kollegen, die die englische Mannschaft betreuten, zogen alle Register, um am Ende den Linienrichter auf der deutschen Spielfeldseite davon zu überzeugen, ein fragwürdiges Tor zu geben. Die Schattenspiele meiner Kollegen im Stadion hatten die Sicht des Linienrichters zugunsten einer falschen Wahrnehmung beeinflusst. Sei es wie es wolle, bis Mitte der 1970er Jahre waren nun die Deutschen wieder an der Reihe. Der Fußballgott nahm uns Fußballengel in die Pflicht. Eine große Aufgabe, die eine gezielte und gründliche Vorbereitung für uns alle erforderte. Die vorgegebenen unterschiedlichsten Aufgaben waren unter allen Umständen und gegen alle Hindernisse zu meistern, um das große Ziel der Weltmeisterschaft zu erreichen. Nach ausführlichen Gesprächen mit meinem Herrn bekam ich es mit einem aufstrebenden Torhüter zu tun. Diesem Torhüter sollte ich einen Stammplatz sichern. Die Deutschen hatten schon immer starke Torhüter. Doch es brauchte eine junge Garde, die die Qualität in der Breite auf höchster Ebene bis in die 1970er Jahre noch verbessern sollte. Der auserkorene Torhüter war ein groß gewachsenes Mannsbild aus der Rheinprovinz. Als Jugendlicher begeisterte er schon durch seine Flugparaden. Seine benötigte Bundesligaerfahrung sollte er im Norden sammeln, als Torhüter des Überraschungs-meisters der Liga. Ausgerechnet dort wo die Torwartpo-sitionen national und international gut besetzt waren. Der Fußballgott wünschte es so."

„Mit dem Überraschungsmeister meinen Sie unsere Blau Gelben?"

„Ja, die Blau Gelben aus Niedersachsen. Der Eliteverein in dieser Stadt. Genau so überraschend wie sie sich wenige Jahre vorher für die Fußball-Bundesliga qualifiziert hatten, die Roten aus der Landeshauptstadt hatten das Nachsehen, genau so überraschend waren sie Deutscher Fußballmeister geworden. Mein Chef hatte es so gewollt. Wenn ich mir rückblickend die vielen Kommentare vor der Meisterschaftssaison der Blau Gelben genau ansehe, gerate ich heute noch ins Schwärmen über das bühnenreife Stück, das wir damals durchgezogen haben. Weder die Schreiber der großen Fachpresse noch die sogenannten Experten bekamen Recht mit ihren Saisonprognosen. Selbst der DFB-Präsident war so überrascht von dem neuen Meister, dass er bei der Übergabe der Meisterschale einen falschen Vereinsnamen nannte und die Spielernamen des Meisters ihm nur schwer über die Lippen kamen."

„Wenn ich es mir heute so vorstelle, dass sie mal Deutscher Fußballmeister waren – was für eine Zeit!"

„Das war vom Fußballgott und uns Himmlischen schon eine große Nummer. Ich war bei den Auswärtsspielen der Blau Gelben in der ersten Bundesliga dabei und verdiente mir erneut die Hochachtung meiner Kollegen."

„Das kann ich mir vorstellen. Aber zu Ihrem Auftrag. Haben

Sie Ihr Ziel erreicht?"

„Ich kannte also die Blau Gelben schon recht gut. Nur die zweite Reihe der Spieler, speziell die der Torhüter, hatte ich noch nicht so im Visier. Das sollte sich natürlich rasch ändern. Den Weg freimachen bei den Blau Gelben und dem Mann aus der Rheinprovinz einen Platz im Profikader sichern, das war nun meine Aufgabe. Nichts Besonderes für einen Fußballengel mit meiner Erfahrung – eigentlich!"

„War die neue Regel bei den Torhütern schon in Kraft? Die sinnvolle Regelung, bei Verletzung im Spiel, den verletzten Torhüter zu tauschen gegen den zweiten Mann auf der Reservebank."

„Ja, dadurch verschärfte sich der Wettstreit in den letzten Jahren unter den Torhüter der zweiten Reihe. Galt vorher immer der Torwart der ersten Amateurmannschaft (2. Mannschaft) bei Verletzung des Stammtorhüters bei den Vertragsmannschaften als gesetzt, rückte er durch diese Regel in das dritte Glied. Sollte aber immer bereit sein, jederzeit bei den Profis auszuhelfen, wenn einer der beiden Torhüter

20

erkrankte oder sich im Spiel verletzte. Dieser Torwart der Amateure durfte keine Lusche sein, aber auch kein direkter Rivale für die Profis. Viele der Torhüter der zweiten Reihe wurden nicht glücklich in ihren Stammvereinen. Sie wechselten und unterschrieben Verträge bei anderen Vereinen oder konzentrierten sich ganz auf ihre berufliche Weiterbildung."

"Ein nachvollziehbares Handeln. War es nicht auch so, dass Vereinswechsel zu dieser Zeit nur zwischen den Spielzeiten erlaubt waren? Zudem gab es ja wohl noch keine Winterpause?"

"Das ist richtig, die Wechselmöglichkeiten, wie wir sie heute kennen, gab es noch nicht."

"Kommen wir zum Mann aus der Rheinprovinz, den Sie auf die große Fußballbühne bringen sollten."

"Drei Spielzeiten bekam ich vom Fußballgott Zeit, um bei den Blau Gelben die Rangfolge der Torhüter zu verändern. Dazu musste ich mir einen Plan erstellen. Schließlich hatte ich noch andere Aufgaben. Da auch bei dieser Aufgabe eine Verwechslung meiner Zielperson unbedingt ausgeschlossen werden musste, gab ich ihr eine sechsstellige Nummer, bei uns Engeln eine weit verbreitete Handhabe. In dieser Erzählung nenne ich meine Zielperson nur Ole, den Torwart der Amateuroberligamannschaft der Blau Gelben. Was nun folgte wurde alles protokolliert. Das sportliche Umfeld der Blau Gelben wurde in Augenschein genommen, besonders aber Ole."

„Ole also, ein Junge aus unserer Region."

„Ja, zwanzig Monate nach Beendigung des Zweiten Weltkriegs geboren, wuchs er in seiner zum Teil vollständig zerstörten Heimatstadt auf. Sein persönliches Umfeld war von den Kriegswirren traumatisiert und gezeichnet."

„Die Nachkriegsjahre – schwere Zeiten bestimmt auch für euch Himmlische. Die Jugend suchte nach neuer Orientierung und Herausforderung."

„Mein Chef entschied damals, die Fußballvereine wieder stärker zu unterstützen und so leistete er, mit uns Fußballengeln als Hilfe, einen Beitrag zum sozialen Miteinander. Dabei erwachte mehr und mehr eine neue, begeisterte Fußballgeneration. Dazu zählte auch Ole. Ole fühlte sich seit seiner frühsten Kindheit zum Fußballspiel hingezogen. Der Beginn auf den Hinterhöfen der Gewerbestraße, dann über den Pausenhof der Grundschule zum größten Breitensportverein der Stadt. Hier durchlief er alle Jugendmannschaften. Seit der C Jugend hütete er das Tor. Schon hier wurde der Eliteverein der Stadt auf ihn aufmerksam. Nach der Jugendzeit wechselte er in die dortige Amateuroberligamannschaft."

„Jetzt bin ich doch sehr gespannt, wie Sie Ihren Auftrag angepackt haben."

„Nach kurzer Überlegung entschied ich mich, einen Torhüter der Profimannschaft, wenn die Zeit es erforderlich machte, in den verdienten Ruhestand zu schicken und den Torhüter der Amateuroberligamannschaft im eigenen Verein nicht zu groß werden zu lassen. Angestrebt war ein Vereinswechsel zu einer anderen Profimannschaft oder eine berufliche Weiterbildung mit Verzicht auf eine sportliche Karriere. Ich schätzte die für mich gestellte Aufgabe vom Schwierigkeitsgrad her als leicht

23

ein. Ich sah keine großen Probleme und ging davon aus, den Auftrag meines Chefs bereits nach der ersten Spielzeit erledigt zu haben. Dann sollte das Problem gelöst sein und der aufstrebende Torhüter aus der Rheinprovinz bei den Blau Gelben unter Vertrag stehen."

„Hört sich gut an. Oh, es ist Halbzeitpause bei der Übertragung. Es ist sehr laut geworden. Ich hole mir jetzt eine Tasse Kaffee. Auch für Sie?"

„Sehr gern, eine gute Idee. Machen wir eine Pause."

Die kleine Konditorei

Im Bistro hatten die Gäste wieder ihre Plätze eingenommen. Die Halbzeitpause des Fußballspiels ging zu Ende. Es wurde wieder ruhiger und wir konnten unser Gespräch fortsetzen.

„Bitte erzählen Sie weiter. Was machte Sie so zuversichtlich, dass Sie Ihr Ziel sehr schnell erreichen würden?"

„Na ja, was ich damals als Erleichterung meiner Aufgabe einstufte, Ole arbeitete mit Herz in einer kleinen Konditorei. Neben der Konditorware fertigte die Konditorei auch zusätzlich frisches Brot und frische Brötchen. Das verlangte schon in den frühen Morgenstunden regelmäßige Zeitabläufe zur Herstellung der Backware. Die kleine Konditorei war auf die Arbeitskraft von Ole angewiesen. Mit dem Besitzer, einem anerkannten Konditormeister der kurz vor der Rente stand, hatte Ole ein freundschaftliches Verhältnis. Die Ehefrau des Konditormeisters war der ruhende Pol in dem kleinen Unternehmen. Der Konditormeister führte sein schmuckes kleines

Geschäft schon seit Jahrzehnten mit Weitsicht und Hingabe. Die Qualität der Backwaren war von feinster Güte. Die Bedingungen für seine drei Angestellten waren, gemessen an den Verhältnissen der damaligen Zeit, vorbildlich. Drei Wochen Betriebsferien im Sommer und Ruhetage nach den Feiertagen. Familienanbindung mit Besichtigungen von Mühlen und Ausstellungen. Dazu die Geduld des Meisters bei der Weitergabe seiner handwerklichen Fähigkeiten."

„Wie ein zweites Zuhause für Ole!"

„Ja, Ole fühlte sich hier sehr wohl. Doch dann begann sein sportlicher Aufschwung. Die damit gehäuft anfallenden sportlichen Termine waren nur schwer mit den beruflichen Anforderungen zu verbinden. Die vorbildlichen Rahmenbedingungen der kleinen Konditorei konnten nicht ausreichen für einen Sportler, der in den regen Spielbetrieb eines Elitevereins eingebunden war. Genau das war der Ansatz, um mein Ziel schon nach einer Spielzeit zu erreichen. Beruf und Leidenschaft lassen sich selten miteinander vereinbaren, schon gar nicht, wenn der Arbeitsbeginn regelmäßig in die Nacht fällt."

„Wie sah der Wochenplan genau aus?"

„Sechstagewoche in der Konditorei. Arbeitsbeginn um 4.00 Uhr. In der Regel um 12.00 Uhr Feierabend. Vier Trainingstage in der Woche. Davon ein Trainingstag bei den Profis der Blau Gelben. Regelspieltag bei den Amateuren war der Sonntag. Wenn Ole als zweiter Torwart bei den Profis einspringen musste, bedeutete das: Freitag Abschusstraining, Samstag im Aufgebot der Profis und am Sonntag Spiel mit den Amateuren. Am Montag begann um 4.00 Uhr wieder die Arbeitswoche in der Konditorei."

„Das war ein außergewöhnlicher Wochenplan."

„Ole besaß eine besondere Fähigkeit, mit sensiblem Geschick, die sehr gut schmeckenden Backwaren herzustellen. Er zählte zu den besten Konditoren seines Jahrgangs. Sein Verhältnis zu seinem Chef, dem Besitzer der kleinen Konditorei, war mehr als freundschaftlich, ja, schon väterlich. Dass Ole jetzt auch im Eliteverein der Stadt das Tor der Amateuroberligamannschaft hütete, steigerte den Bekanntheitsgrad der kleinen Konditorei erheblich. Viele Fans der Blau Gelben wurden zu Kunden.

27

Einerseits war das für die Konditorei sehr erfreulich, andererseits führte die Mehrarbeit aber auch zu Organisationsproblemen und Überlastung der Mitarbeiter. Nach reiflicher Überlegung wollte der Chef der kleinen Konditorei Ole noch fester an sich binden, indem er dafür sorgte, dass dieser seine Meisterprüfung bestand und legte ihm nahe, sich noch mehr in der kleinen Konditorei einzubringen. Auch eine spätere Übernahme kam ins Gespräch. Genau da half ich nach. Dieses Geschäft hier war das finanzielle Fundament von Ole. Ein Profitorwart war er nun mal nicht. Sein neuer Arbeitsvertrag war auf mehr Planungssicherheit für beide Seiten ausgerichtet. Bei so einem Angebot von seinem Chef sollte doch Ole nicht widerstehen. So reifte bei ihm mehr und mehr die Überlegung, in der kommende Saison der Amateuroberligamannschaft den Rücken zu kehren. Das wäre dann auch für mich die einfache Lösung gewesen."

„Eine einfache Lösung. Aber so einfach war es dann wohl doch nicht?"

„Die Spielzeit der Amateuroberligamannschaft ging sportlich erfolgreich dem Ende entgegen. Ich hatte die Weichen gestellt für Ole. Unterschätzt hatte ich den Einfluss seines für ihn verantwortlichen Trainers bei den Blau Gelben. Ein Studienrat, Träger der Goldenen Verdienstnadel des Vereins. Er führte den Verein als Trainer in die damals neu gegründete Bundesliga. Der Gymnasiallehrer war schon zwei Jahrzehnte bei den Blau Gelben. Nach der Qualifikation gab er sein Amt als sportlicher Leiter ab. Der immer größer werdende Arbeitsaufwand ließ sich nicht mit seinem Lehrerberuf vereinbaren. Von diesem Zeitpunkt an kümmerte er sich mit großer Leidenschaft nur noch um die Amateuroberligamannschaft. Er setzte auf Disziplin bei den jungen, talentierten Spielern aus der Region. Auf der Position des Torwarts suchte er nach soliden, verlässlichen Leuten, die eine gute Strafraumbeherrschung besaßen. Ole passte ideal in sein Anforderungsprofil. Er war ein zuverlässiger Torwart mit einem besonnenen Stellungsspiel, fern von jeder Effekthascherei. Und so entwickelte sich die Sache in die andere Richtung. In eine Richtung, die ich unbedingt vermeiden wollte. Der Lehrer, unter dem Ole Stammtorwart geworden war, wollte auch in Zukunft auf ihn bauen. Er ließ ihn träumen von einer Profikarriere. Da hatte ich nun ein großes Problem. Zumal kurz vor Ende der Saison Ole tatsächlich vor seinem ersten Bundesligaeinsatz stand. Was mir gar nicht ins Konzept passte."

„Der Verein wollte nur die entdeckte Leistungsfähigkeit von Ole nutzen!"

„Ja gut, aber aus meiner Sicht musste ich schnell handeln. Am Samstagmittag, vor dem Bundesligapunktspiel am Nachmittag der Profis, meldete sich der Stammtorwart der Blau Gelben nach einer plötzlich auftretenden akuten Erkrankung ab. Es gab die Überlegung, den Amateurtorwart spielen zu lassen. Ole war bereits in der nahen Landeshauptstadt zum Punktspiel der Amateure. Man beorderte ihn noch rechtzeitig vor dem Anpfiff zurück. Schickte ein Taxi und Ole raste mit dem Taxifahrer kurzentschlossen Richtung Bundesligastadion der Blau Gelben. Kurz bevor sie das letzte Teilstück der Autobahn vor dem Stadion erreichten, hingen sie in einem von mir in letzter Sekunde verursachten Verkehrsstau fest. Ole erreichte erst zur Halbzeit das Stadion und konnte nur auf der Ersatzbank Platz nehmen. Trotzdem, Ole schlug in der Folge das Angebot seines Arbeitgebers aus und beließ alles beim Alten. Sein bisheriger Arbeitsvertrag in der Konditorei behielt, bei gleichbleibenden Konditionen, seine Gültigkeit. Ole verlängerte für ein weiteres

Jahr bei der Fußball-Amateuroberligamannschaft."

„Ich kann Ole verstehen, galt doch die Amateur-oberligamannschaft unter Fußballern schon als etwas Besonderes. "

„Ich ging also die zweite Saison an. Dabei bevorzugte ich für Ole die Variante, mehr auf andere Vereine zu setzen, auf Vereine, die auf ihn aufmerksam geworden waren. Wenn er dabei war, von einer Profikarriere zu träumen, dann sollte doch die Möglichkeit bestehen, dies durch einen Vereinswechsel zu erreichen. Spätestens in zwei Jahren sollte ja hier bei den Blau Gelben kein Platz mehr für ihn sein. Ich war, aus heutiger Sicht, dabei, die ganze Sache gewaltig zu unterschätzen, zumal eine Europameisterschaft im Fußball anstand und ich dort weitere Zusatzaufgaben, neben Ole, übernehmen musste. Da passierte es mir, dass ich wichtige Details übersah. Ole spielte in der neuen Saison zusätzlich für das Land Niedersachsen. Er benötigte also noch mehr Unterstützung seines Arbeitgebers."

„Noch ein zusätzlicher Termin? "

„Ja, auch gab es regelmäßige Abwerbungsversuche von auftauchenden Vereinsvorsitzenden. Ole wurde mit aufstrebenden Regionalligisten (unter der Bundesliga damals die zweithöchste Klasse) in Verbindung gebracht. Vertragsangebote mit zusätzlichen Nebenjobs zur Gehaltsaufbesserung kamen ins Gespräch: vom Stromableser bis zum Automatenbefüller. Ole ließ sich nicht beeindrucken. Da bedurfte es verlockendere Angebote."

„Sein Arbeitgeber musste da sehr viel Verständnis aufbringen."

„Bewundernswert, denn es stand auch eine Auslandsreise an. Da sollte es für Ole die erste ernste Gelegenheit für einen Wechsel geben. Das wäre dann alles zu meiner vollsten Zufriedenheit geschehen. Der Besitzer einer Großbäckerei, der Fan und Unterstützer eines Erstligisten der Alpenrepublik hatte ein Auge auf Ole geworfen, lud ihn kurzfristig auf seine Almhütte ein, ließ schmackhaften Kaiserschmarrn servieren und präsentierte einen vorbereiteten Vertrag, in dem sogar eine Teilhabe an der Großbäckerei in Aussicht gestellt wurde. Zusätzlich lockte er mit einem prall gefüllten Umschlag, den er

Ole über dem Tisch zuschob. Ole hätte sofort unterschreiben können. Aber auch da ließ er sich nicht einfangen, dachte an die Heimat, den Lehrer, an die kleine Konditorei und seinen väterlichen Freund, den Besitzer. Er wollte das alles nicht im Stich lassen, ließ sich unverrichteter Dinge wieder zur Mannschaft bringen und trat mit ihr die Heimreise an. Es wäre auch zu schön für mich gewesen, wenn er sich einen Ruck gegeben hätte, ein jetzt oder nie – eine schnelle Lösung für alle Beteiligten. Aber leider wurde nichts daraus. Zumal Ole bei den Blau Gelben durch seine sportlichen Leistungen immer mehr an Zuspruch gewann."

„Haben Sie vielleicht doch bei allem seine Leistungs-bereitschaft unterschätzt oder war da noch etwas ganz Entscheidenderes, nämlich seine Bodenständigkeit?"

„Dazu später mehr. Zunächst hatte ich keine Zeit zu verlieren, denn auch ein hiesiger renommierter Bundesligaklub war bereit, Ole unter Vertrag zu nehmen. Mit voller Hingabe unterstützte ich nach Bekanntwerden diesen Plan und Ole schien nicht abgeneigt. Die geteilte geschichtsträchtige Stadt im Osten der Republik sollte es sein. Ole setzte sich in den

Flieger. Der Traum vom Profifußballer bestimmte ja jetzt sein Leben. Ich mache es kurz. Meine Zielperson war gelandet. Das Laufband der Gepäckabfertigung lief, doch in einem Moment einer Unachtsamkeit von mir wurde die Sporttasche von Ole vertauscht. Der Lärm der Großstadt, die ungewohnte Umgebung und jetzt auch noch dies – das Wichtigste für ihn, seine Sporttasche, war verloren gegangen. Seine Fuß-ballschuhe, seine Torwarthandschuhe und das grüne Trikot eines europäischen Spitzentorwarts, das er oft als Glücks-bringer im Training trug, waren plötzlich nicht mehr da. Wie sollte er das vereinbarte, gesonderte Training vor der Vertragsunterzeichnung bestreiten? Ole drehte einfach um, verabschiedete sich aus der geteilten Stadt ohne dass die Vereinsverantwortlichen ihn jemals zu Gesicht bekamen. Auf dem Rückflug ging er in sich und freute sich auf seinen Verein, den der Blau Gelben, aus Niedersachsen. Diese großartige Gemeinschaft Gleichgesinnter, die ihn trug, dort, wo er sich so wohl fühlte. Wo ihm so viel Aufmerksamkeit geschenkt wurde und seine sportlichen Leistungen Anerkennung fanden. Die Amateuroberligamannschaft des Lehrers zählte inzwischen zu den besten der Republik. Für einen Moment genoss er den ruhigen Flug. Ich ließ ihn gewähren."

34

„Eine vernünftige Entscheidung."

„Ole schloss die Augen und sah die kleine Konditorei vor sich. Die lieben Eheleute, seine Arbeitgeber. Den Schuster zwei Querstraßen hinter der Konditorei, ein guter Freund. Er fertigte speziell für ihn die Schraubstollen aus Leder. Für trockene Böden, für tiefe Böden und für harte und gefrorene Böden. Er sah die kleine südländische Näherin, eine Straße weiter, die mit viel Liebe einen Wollhandschuh für ihn entwickelt hatte mit eingenähtem Schaumstoff auf der Innenseite des Handschuhs. Ein Torwarthandschuh, der auch bei seinen Torwartkollegen immer mehr Anklang fand. Er rückte innerlich wieder näher an seinen Chef, den Besitzer der kleinen Konditorei heran. Die viele Freizeit, die er zusätzlich durch die kurzfristig anberaumten sportlichen Termine benötigte, konnte er nur durch das Wohlwollen seines Chefs bekommen, der immer einen Weg fand, obwohl er Ole lieber mehr in seinem Geschäft gesehen hätte. Die zweite Saison war dabei zu verstreichen und von einer Lösung mit Ole war ich weit entfernt. Dieser ehrgeizige Träumer, der mich jetzt schon in der zweiten Spielzeit ausbremste. Dieser bodenständige, solide Handwerker aus dem Hinterhof eines Gewerbetreibenden. Für einen Augenblick kam

35

ich ins Grübeln, ob das starke Mannsbild aus der Rheinprovinz überhaupt bei den Blau Gelben eine Option sein sollte."

„Sie wollten sich gegen Ihren Chef stellen?"

„Nein, diese Gedanken durften sich bei mir nicht festsetzen, das konnte nicht sein. Der Fußballgott hatte immer Recht. Noch einmal musste ich alles überdenken und eine Zwischenbilanz aufmachen, um dann andere Überlegungen mit einzubeziehen und zwar aus der ganz persönlichen Sicht von Ole."

Auch Engel leiden

„Ja, so ein Engelsdasein ist manchmal nicht einfach. Da gehst du an eine Aufgabe mit Begeisterung heran, lockst deine Zielperson schon auf gut vorbereitete Wege, zur Zufriedenheit aller, und dann geht diese nicht darauf ein. Die Begeisterung schlägt um in Ernüchterung. Auch Engel leiden, haben wir doch auch eine hohe Sensibilität. Sei es drum, in diesem Fall mussten die Weichen gestellt werden für den Mann aus der Rheinprovinz. Und es blieb nur noch eine Spielzeit. Bis jetzt hatte ich es also nicht geschafft, Ole auf einen von mir gewünschten Weg zu bringen – Fußballprofi oder berufliche Karriere im Handwerk. Ich studierte noch einmal ganz genau seine Akte. Vor allem stellte ich seine physische und psychische Verfassung in den Focus. Ole war in einem Kreis von hohem physischem und psychischem Druck gefangen, ohne dabei seine Form zu verlieren und das schon seit Jahren. Seine sportlichen Leistungen stimmten weiterhin – wahrscheinlich ein Grund dafür, warum die sportliche Führung der Blau Gelben nicht handelte, um ihm mehr Erholungsphasen zuzugestehen."

„Wenn ich Sie mal unterbrechen darf. Eine gewisse gesundheitliche Gefahr für Ole war wirklich nicht zu erkennen?"

„Damals bemerkten es alle Beteiligten nicht. Ehrgeiz und Leidenschaft trieben Ole an. Bei allem Talent, was er mitbrachte, es war ein gefährliches Spiel. Ein Umdenken bei mir setzte ein. Wenn ich mir das Arbeitsprotokoll von Ole anschaute, sträubten sich mir die Federn. Zusätzlich in der Woche standen jetzt noch regelmäßige Trainingsspiele mit der Landesauswahl auf dem Programm. Auch die Trainingseinheiten bei den Profis nahmen zu. Ruhiges Fahrwasser sah anders aus. Er bediente mit all seiner Kraft einfach zu viele Schaufenster, ohne dabei zu verzagen. Ein einfach Weitermachen würde Folgen haben, sehr schmerzliche Folgen. Seine Energiereserven waren dabei, sich zu verbrauchen. Das wurde mir erst jetzt richtig bewusst. Eine Einsicht, die aber auch ich zu spät erkannte."

„Das ist sehr bedauerlich für Ole gewesen."

„Für mich lief die Zeit davon. Mir war klar, für Ole wird es Enttäuschungen geben, große Enttäuschungen. Ich war eben damals nur ein Fußballengel, der seinem Chef zuarbeitete und seine Wünsche zu erfüllen hatte. Der Mann aus der Rheinprovinz stand auf dem Plan des Auftrags. Durchsetzungsvermögen von mir war gefragt. All meine Erfahrung und Härte kamen ins Spiel. Ich setzte den äußersten Schwierigkeitsgrad für mich an und begann, am Trainerpersonal der Norddeutschen zu drehen. Ein Umbruch im Trainerbereich bedeutete für alle Spieler eine neue Situation. Intensive und emotionale Wochen standen bevor. Der langjährige Cheftrainer der Blau Gelben, mit dem sie überraschend den Meistertitel holten, ließ ich in die benachbarte Landeshauptstadt zu den Roten ziehen. Auch sie hatten inzwischen den Aufstieg in die Bundesliga geschafft. Zur nächsten Spielzeit unterschrieb er einen Vertrag.“

„Ich erinnere mich. Von den Blau Gelben zu den Roten. Das stieß bei vielen Freunden der Blau Gelben sauer auf.“

„Beim Lehrer der Amateuroberligamannschaft half ich auch etwas nach, so dass er endgültig seine Alterspläne verwirklichte und sich aus privaten und beruflichen Gründen aus dem Fußballgeschäft zurückzog."

„Ausgerechnet der Lehrer, der immer ein Ruhepol für Ole in der Hetze des Alltags war. Sie haben gewaltig am Rad gedreht."

„Es musste sein. Die anberaumte Trainingszeit unter dem Lehrer war die Energiequelle für ihn. Beim Training war er mit Freude dabei. Psychisch und physisch sammelte er Kraft. Der Lehrer war erfahren genug, das Training von Ole personenbezogen zu dosieren. So schöpfte Ole neue Energie. Energie, die er bei den von mir schon erwähnten immer häufiger anberaumten Trainingstagen, bei den Profis, verlor. Da gab es keine Rücksicht. Bei den mit hoher Intensität geführten Einheiten ging es zur Sache und um die Stammplätze. Ole ging es nur noch um das Durchhalten. Er war nicht mehr frisch genug, um ständig seine optimalen Leistungen abzurufen. Nun war es nicht mehr zu übersehen – ausgepumpt und geschwächt fühlte er sich. Die Spielfreude ging schleichend verloren. Eine Trägheit nach den vielen zusätzlichen Trainingseinheiten machte sich breit. Sein Wohlbefinden verschlechterte sich zunehmend."

„Jetzt wurde es endgültig ein sehr gefährliches Spiel. Zumal es in der nächsten Saison einen neuen Cheftrainer bei den Blau Gelben gab."

„Ein neuer Cheftrainer, das war eine beschlossene Sache. Ein Förderer des Mannes aus der Rheinprovinz. Bevor es aber zu der angestrebten Verpflichtung des Torwarts kam, wollten die Verantwortlichen der Blau Gelben dem neuen Fußball-fachmann noch einmal die Gelegenheit geben, die Amateuroberligamannschaft in einem Testspiel gegen die Profis zu begutachten. Ole stand unter besonderer Beobachtung. Jetzt war ich ganz nah an meinem Ziel. Nichts wollte ich mehr dem Zufall überlassen. Obwohl eigentlich schon feststand, dass der neue Trainer der Blau Gelben den Mann aus der Rheinprovinz als weiterer externen Torwart verpflichten würde, entschloss ich mich für eine sehr seltene Variante der Einmischung – die des direkten Eingriffs ins Spiel. Auf keinen Fall sollte ein Vorstandsmitglied noch auf eine andere Idee kommen und versuchen, den neuen Trainer umzustimmen. Ole hatte viele Befürworter bei den Blau Gelben. Das Spiel fand im

Frühjahr statt. Testspiel der Amateure gegen die Profis. Die Tribüne war hochkarätig von Fußballfachleuten besetzt, der Boden des Spielfelds nach starkem Regen aufgeweicht. Eine Spielabsage stand nicht zur Debatte. Zunächst war es ein ruhiger Nachmittag für Ole in seinem Tor. Die Amateure hielten gut mit, wie fast immer in diesen internen Spielen. Nach gut 20 Spielminuten ein recht weiter eigentlich unge-fährlicher Flugball auf sein Gehäuse. Ich griff ein. Ole stand weit vor seinem Tor. Der Ball stieg Richtung Wolken. Da nahm ich mir die Freiheit mit einem Flügelschlag Druck auf den Ball auszuüben, so dass er sich hinter Ole in das Netz senkte. Dabei sah er nicht gut aus."

„Tut mir leid, aber das gefällt mir nicht. Aus dem gefährlichen Spiel wurde ein falsches Spiel."

„Wie schon gesagt, nichts wollte ich mehr dem Zufall überlassen. Die Amateure schafften den Ausgleich. In der 76. Minute fast die gleiche Szene wie beim ersten Tor für die Profis. Der Ball flog weit auf das Gehäuse von Ole. Kurz vor dem Tor benutzte ich noch einmal den Flügelschlag zur Richtungsänderung des Balles und drückte diesen zielgerecht nach unten. Ein sicheres Tor, so dachte ich. Drehte schon ab und musste im Steigflug mit ansehen wie Ole mit einem von mir nicht erwarteten Zwischenschritt, dank seiner guten Koordination, den Ball im Sprung mit einer Körperstreckung an den Innenpfosten des Tores lenkte. Nicht nur das, zu meinem Schreck stieß Ole bei dieser Parade an den Innen-pfosten des Tores. Die eckigen Torpfosten waren damals noch aus Holz. Ole zog sich am Boden zusammen wie eine Schnecke und begrub den Ball unter sich. Dann blieb er liegen und fiel in einen tiefen Schlaf. Erst im Krankenhaus wachte er wieder auf. Er sah aus, als wäre er gegen einen Laternenpfahl gelaufen. Erschreckend bleich seine Gesichtsfarbe. Weitere genaue Untersuchungen im Krankenhaus ergaben, dass die medizinischen Werte bei ihm im Keller waren. Eine Folge seines getriebenen Lebensstils der letzten Jahre."

„Wirklich, sehr sehr unglücklich."

„Es war ein Unglück passiert, das mein Engelsdasein ver-ändern sollte. Ole hatte es geschafft, mich als Fußballengel an meine Grenzen zu bringen. Hätte man für die Leistungen der Engel unter uns Himmlischen Karten vergeben, ich hätte die rote verdient. Den Auftrag des Fußballgottes zu erfüllen, war eine Sache, aber das Ziel zu erreichen, indem die Zielperson eine schwere Verletzung erlitt, war eine andere und eines Engels nicht würdig. Bei aller Engelsgeduld eine Verletzung durch Einwirkung himmlischer Mächte? Nein, da war ich sehr erschrocken, so weit sollte und durfte es nicht kommen. Aber nun war es Realität. Jetzt musste alles ganz schnell gehen. Andere Maßnahmen mussten greifen, Maßnahmen, die ich nicht mehr allein entscheiden konnte. Umgehende Benachrichtigung an den Fußballgott. Stellungnahme und neue Zielsetzung für Ole, mit meiner Hilfe. Der Fußballgott entschied dann auch schnell. Urteilte sehr milde, denn schließlich war sein Auftrag die Ursache für mein Handeln. Er beließ es erst einmal bei meinem Status als Fußballengel, vollzog die letzten Schritte bei den Blau Gelben zur Verpflichtung des Mannes aus der Rheinprovinz selbst und ordnete die vollständige Genesung von Ole an, wobei er umgehend den Himmlischen Rat beteiligte und stellte mich zudem, Ole schützend zur Seite."

„Das Mindeste, was man Ole anbieten konnte."

44

„Ole aus der für ihn sehr schwierigen Situation herauszuholen, stand jetzt für mich über allem. Noch einmal bekam ich das volle Vertrauen, noch einmal rückte ich ganz nah an Ole heran. Zunächst ging es darum, seine Genesung voranzutreiben. Da war es ganz wichtig, dass Ole das medizinische Urteil des Oberarztes der behandelnden Klinik anerkannte und es sich zu Herzen nahm. Selbst sollte Ole eine gezielte Aufarbeitung zulassen und für sich einen Lernprozess beginnen, mit dem Ziel, Schritt für Schritt sein hastiges Treiben zu unterbrechen. Es musste gelingen, andere Denk- und Verhaltensmuster an den Tag zu legen, einen Neuanfang zu wagen."

„Ole war durch Ihre Mithilfe in den Brunnen gefallen."

„Irgendwie war er, ohne es wahrhaben zu wollen, ein Getriebener geworden. Sie haben natürlich auch Recht. Ich konnte mich meiner Mitschuld nicht entziehen, dass es so weit gekommen war. Ihm eine Hilfe zu sein, diese uneingeschränkte Option meines Chefs wollte ich nutzen. Auch für mich würden sich einige Veränderungen ergeben. Dazu war ich bereit. Mit meiner Einstellung und Vorgaben für Ole erschien ich, nachts während er tief schlief, vor seinem Krankenbett. Dort wollte ich ihm begegnen. Das Ziel war, ihm die Angst zu nehmen und ihn zu bewegen, dieses Unglück nicht als verpasste Chance, sondern als Wachmacher zu begreifen. Die noch bestehenden Lebensumstände kritisch zu hinterfragen, dann hätte selbst mein überzogenes Handeln einen Sinn ergeben."

Glückliche Umstände

„Ole schlief fest. Seine Gesichtszüge auf dem Krankenbett waren angespannt und verkrampft. Ich wollte ihn innerlich nicht verletzen oder herabsetzen. Ich wollte eine Wende in ihm einleiten. So sprach ich ruhig und mit weicher Stimme. Nachdem ich mich vorgestellt hatte, gestand ich ihm vieles aus den letzten drei Jahren und dass ich jetzt selbst durch mein überzogenes Handeln in eine Notlage gekommen war. Nichts wollte ich verschweigen.“

„Das ehrt Sie.“

„Danach versuchte ich, behutsam Lösungen anzubieten. Ich garantierte ihm, bei einem von mir angeratenen Weg, eine vollständige Genesung. Dabei stellte ich die Erleichterung seines Alltags in den Mittelpunkt. Ich ging auf sein rastloses Leben der letzten Jahre ein. Ein Weiter so hätte böse gesundheitliche Folgen. Seine ausgeprägte Sentimentalität, verbunden mit seinem Bedürfnis nach Harmonie, wie wollte er dies bei der Dreifachbelastung bei den Blau Gelben erreichen. Ein Entgegenkommen der neuen sportlichen Leitung der Blau Gelben konnte er nicht erwarten. Für die Profis stand schon ein weiterer Profi bereit. Es war Zeit, sich von einigen Dingen zu verabschieden und sich neue Ziele zu setzen. Wann hatte er sich zuletzt die Zeit genommen, um für sein Leben die so wichtigen Gegenpole zur Arbeit und dem Fußballspiel zu bedienen – wann? All das brachte ich ihm nahe und wies ihn am nächsten Tag auf die Diagnose des behandelnden Oberarztes hin. Sich unbedingt verändern und sich einem Sinneswandel zu unterziehen. Wenn Ole dazu bereit wäre, wollte ich ihn bis zum Ende seiner noch langen Lehrzeit auf dieser Erde nie ganz aus den Augen verlieren. Das hatte ich für mich entschieden. Eine außergewöhnliche Nummer und das Ende meiner Zeit als Fußballengel."

„Und, haben Sie ihn schon in dieser ersten Nacht erreicht?"

„Es dauerte. Kurz vor Tagesanbruch entspannten sich langsam, ganz langsam die Gesichtszüge von Ole. Dann bewegte er seine linke Hand. Es war für mich das Zeichen. Ich hatte Ole tatsächlich erreicht, nach fast drei Jahren der Mühe. Ich war mir sicher, es wird alles gut werden. Auch für mich war es eine Erlösung. Ole sollte dafür seine Spielfreude wieder erlangen, schöner und intensiver als je zuvor."

„Sie erinnern mich dabei an eine eigene Lebenssituation vor Jahren. Da bedurfte es auch sehr glücklicher Umstände. Da waren vertraute liebevolle Menschen an meiner Seite sehr wichtig und, ich mag es kaum aussprechen, der Beistand von oben. Nur so fand ich damals für mich einen neuen lebenswerten Lebensweg."

Gewohnheiten ändern, neue Kraft schöpfen

„Gewohnheiten ändern, neue Kraft schöpfen. Erwartungen an sich selbst herunterschrauben. Mehr auf sich achten und sich Pausen gönnen. Ich kenne das!"

„Ein Grund, warum ich mich zu Ihnen an den Tisch gesetzt habe und gerade Ihnen diese Geschichte anvertraue. Denn genau das war es, was sinngemäß der Oberarzt Ole besonders ans Herz legte. Gewohnheiten ändern, neue Kraft schöpfen. Ole hatte gut zugehört. Ich war beruhigt. Ole war schon vor dem Gespräch mit dem Oberarzt innerlich bereit, sich auf eine neue Zeit einzustellen. Früher als erwartet, stand er schon vier Wochen später wieder im Tor der Amateure. Er schaffte mit der Mannschaft einen versöhnlichen Saisonabschluss. Der 30. Spieltag der Saison war dann auch sein letztes Punktspiel für die Amateuroberligamannschaft der Blau Gelben. Ole verließ die Blau Gelben und begann einen langen, lehrreichen Weg zur Selbstfindung. Zu den Blau Gelben kehrte er nie wieder zurück. Der Mann aus der Rheinprovinz hatte längst einen langen Vertrag bei den Blau Gelben unterschrieben und stand vor einer großen Karriere als Torwart."

„Ja, ich erinnere mich jetzt auch recht gut. Das war ein Tormann von großer Klasse."

„Für viele Fußballfreunde die Oles sportlichen Weg verfolgt hatten war es unverständlich, dass er die Blau Gelben endgültig verlassen hatte. Na ja, sie wussten doch nicht, dass ein Fuß-ballengel mit im Spiel war!"

Was für eine Geschichte

Unruhe im kleinen Bistro. Die Fußballübertragung war zu Ende. Ich schaute zu unserem Nachbartisch. Aufbruchstimmung, die Jungs erhoben sich von ihren Sitzen. Das Bistro leerte sich. Mein Blick fiel wieder auf mein Gegenüber. Mein Gegenüber? Da saß niemand mehr. Ich winkte die Besitzerin des Bistros an den Tisch. Die Frage nach dem graumelierten Herrn an diesem Tisch konnte sie nicht beantworten. Sie sah mich ganz erstaunt an und teilte mir mit, dass nur ich in der letzten Stunde am Tisch gesessen hätte. Die lange Flugreise. Da muss ich wohl eingenickt sein.

Die Besitzerin wendete sich dem letzten Gast zu, der vom Nachbartisch aufgestanden war.

„Alles Gute, Ole, komm gut nach Hause, bis zum nächsten Mal!"

„Ole, haben Sie eben Ole gesagt?"

„Ja, Ole, er war mal einer von uns."

„Einer von uns?"

Sie rückte ein paar Stühle zurecht. Dann kam sie zu mir an den Tisch.

„Ja, ich bin schon lange ein Vereinsmitglied der Blau Gelben und Ole war mal einer von uns. Aber Ole und die Blau Gelben, das ist eine lange Geschichte."

Tatsächlich, Ole, das kam mir sehr merkwürdig vor. Aber jetzt wollte ich nicht mehr groß darüber nachdenken. Zu müde war ich, bezahlte meine Getränke und verabschiedete mich. Ich freute mich auf mein Zuhause.

Zu Hause allein, es dauerte nicht lange und ich schlief fest auf meinem gemütlichen Sofa. Und von was träumte ich in dieser Nacht? Sie haben Recht, von der Fußballszene, einer Szene, die ich eigentlich schon längst verlassen hatte. Ich träumte vom Fußballgott, von Ole und einem offenherzigen ehemaligen Fußballengel. So lange, bis mich am Morgen des neuen

Spätsommertages meine Frau weckte. Sie war von ihrer Nachtschicht im Krankenhaus längst zurückgekehrt. Der Frühstückstisch war liebevoll gedeckt und bei einer starken Tasse Kaffee hatten wir uns jetzt viel, sehr viel zu erzählen.

FAKTEN

SACHBEZOGENES ZU DIESEM „MÄRCHEN"

EIN LEBEN MIT DEM FUSSBALL

Am Anfang der Erinnerungen an die Hochzeit des Braunschweiger Fußballs steht der Titel des Deutschen Fußballmeisters von 1967 an Eintracht Braunschweig.

So verblassen die überregionalen Erfolge der Mannschaften der zweiten Reihe. Ohne sie wäre diese „Hochzeit" aber nicht möglich gewesen. An diese Mannschaften, die im Schatten des Meisters von 1967 standen, soll hier erinnert werden.

Da war der SC Leu, der 1969 Niedersachsenmeister wurde und in die damals zweithöchste Liga, der Regionalliga Nord, aufstieg. Die Amateure der Eintracht errangen den Titel 1970. Durften als Zweitvertretung, hinter den Profis von Eintracht, nicht in die Regionalliga Nord aufsteigen und nahmen daher an der deutschen Amateurmeisterschaft teil. Der Weg führte bis ins Endspiel.

Zu nennen sind auch die vielen Traditionsvereine der Stadt und die Vereine der Landkreise, die ständig neue Talente hervorbrachten. Sie sind es gewesen, die den Fußballsport förderten und die

55

überregionalen Erfolge in der Breite erst ermöglichten. Der Amateur-fußball hatte einen großen Stellenwert.

Im Hinblick auf die Fußballszene von damals sind deren Fakten Grundlage für einen reichen Schatz an Erinnerungen, wenn auch der Blickwinkel heute ein anderer ist. Mit meinem Fußballleben, möchte ich meinen Beitrag leisten und an diese Zeit erinnern.

In den jetzt schon sehr weit zurückliegenden Erlebnissen treffen wir uns alle wieder. Dazu gehören auch die, die uns viel zu früh verlassen haben. Wir tauchen ein in die Vergangenheit, sind alle gegenwärtig und wieder vereint.

MEISTERTITEL VON EINTRACHT BRAUNSCHWEIG 1967

Mit Beginn der Bundesliga 1963/64 übernahm der vorherige Trainer des 1. FC Saarbrücken, Helmuth Johannsen, den dritten der Oberliga Nord Eintracht Braunschweig. Völlig überraschend gelang ihm mit der Mannschaft 1967 der Meistertitel. Ein Titel mit großer Strahlkraft für das Braunschweiger Land.

Mit der besten Defensive der Liga, in 34 Spielen gab es nur 27 Gegentore, einer Stammformation von zwölf Spielern, einer kontinuierlich durchgehaltenen Taktik, die zum Personal passte, und der dazu nötigen körperlichen und fußballerischen Klasse führte der sachlich und kompetente Trainer Helmuth Johannsen das Team verdient in der Saison 1966/67 zur Meisterschaft. Damit hatte er nach vier Jahren des behutsamen und fachlich fundierten Aufbaus das höchste Ziel erreicht.

Auszug „Wikipedia" und Braunschweiger Zeitung

EINTRACHT BRAUNSCHWEIG

Das Aufgebot für die Meistersaison 1966/67

Joachim Bäse, Horst Wolter, Hans Jäcker, Hans-Georg Dulz, Jürgen Moll, Lothar Ulsaß, Peter Kaak, Gerd Saborowskie, Walter Schmidt, Wolfgang Grzyp, Erich Maas, Klaus Gerwin, Wolfgang Brase, Wolfgang Matz, Klaus Meyer, Wolf Rüdiger Krause, Wolfgang Simon, Michael Polywka und Werner Rinas (Trainer Helmuth Johannsen, Co-Trainer Heinz Patzig, Masseur Heinz Röder)

MEIN LEBEN IN DER FUSSBALLFAMILIE

DER BEGINN BEIM MTV BRAUNSCHWEIG

Wie viele Fußballinteressierte fand ich den Weg zum Spiel über einen Breitensportverein. So kam es zur Aufnahme in die Fußballfamilie durch die Trainer Fritz Beckmann und Werner Kynast beim MTV Braunschweig in den 1950er Jahren. Dort fühlte ich mich vom ersten Augenblick an aufgehoben und geborgen. Zusammensein in großer gleichgesinnter Runde. Die ersten Freundschaften begannen zu wachsen. Viel Freizeit gemeinsam von nun an mit unvergessenen Augenblicken und glücklichen Momenten.

Es zeigte sich recht bald, dass wir auch sportlich im Jugendbereich mit der Elite von Eintracht Braunschweig auf Augenhöhe spielten. In allen Jahrgängen Pokalsiege und Stadtmeisterschaften. Für diese Zeit der folgenden 1960er Jahre stehen für viele, die hier nicht erwähnt werden aber auch einen großen Anteil am Aufschwung der Jugendabteilung des MTV hatten stellvertretend aus unserem Jahrgang die Namen der Spieler, der MTV C Jugend von 1961 (Bild Seite 61: Auf dem Sportplatz an der Beethovenstraße). Die Mannschaft von Werner Kynast von links: Grimm, Dehmann, Grutza, Peter Retter, Grobelny, Bureiko, Bormann, Grigo, Brandmeyer, Appel, Kämmerer. Dazu die Spieler Haak, Hans Retter,

59

Zogorskie, die nicht auf dem Bild zu sehen sind. Aus den älteren Jahrgängen und damit unsere Wegbereiter: Brühl, Dietz, Ecke, Haschke, Hilleke, Kappei, Lübke, Mander, Neubert, Prahmann, Schrader, Werner und Weihe. Es sind Spieler, die dem MTV die Treue hielten oder aus unterschiedlichsten Gründen den Verein im Herrenbereich verließen. Alle hatten viel Talent, um es bei höherklassigen Vereinen im Herrenbereich zu versuchen.

Seite 61

Oberes Bild, MTV D Jugend 1957,

mit Trainer Fritz Beckmann und Betreuer Ecke

Unteres Bild, MTV C Jugend 1961, die Mannschaft von Werner Kynast

Fotos privat

61

Stadtauswahl Braunschweig in Nimes 1965,

mit sechs Spielern vom MTV (Kurt Ecke, Wolfgang Grimm, Jochen Grigo, Peter Retter, Wolfgang Prahmann und Rolf Appel), Betreuer Jürgen Lehmann (SV Süd)

Foto privat

AUS MEINER ZEIT BEI DER EINTRACHT

Von 1968 – 1972 spielte ich als Torwart für die Eintracht Braunschweig Amateure. Trainer war Hans Georg Vogel. Mit der Mannschaft wurde ich in dieser Zeit Niedersachsenmeister und erreichte zweimal die Endrunde zur deutschen Fußball-Amateurmeisterschaft. 1970 standen wir im 21. Deutschen Fußball-Amateurendspiel. Das Spiel gegen den späteren dreimaligen Deutschen Amateurmeister Jülich 1910 ging mit 0:3 verloren.

Ein Höhepunkt in dieser Zeit, die Indienreise 1970 mit der Niedersächsischen Amateurauswahl. Die Reise war beeindruckend, faszinierend, nachhaltig und regte zum Nachdenken an.

DER WEG INS ENDSPIEL

DEUTSCHE AMATEURMEISTERSCHAFT 1970

1970 wurden wir Niedersachsenmeister. Als Zweitvertretung durften wir, hinter den Profis von Eintracht, nicht in die Regionalliga Nord aufsteigen und nahmen daher an der deutschen Amateurmeisterschaft teil. Der Weg führte bis in das Endspiel.

Mit Siegen über Alemannia 90 Berlin, 7:2 (Tore Wlado Dimitrijevic 4, Eberhard Haun 2, Michael Bartkiewicz) und in Berlin 3:0 (Tore Wlado Dimitrijevic, Manfred Voitel, Dirk Johannsen), Eintracht Frankfurt Amateure in Frankfurt 1:0 (Tor Rainer Slodczyk) und 1:0 in Braunschweig (Tor Michael Bartkiewicz), erreichten wir zunächst das Halbfinale. Dort kam es zum Vergleich mit dem FV Eppelborn (Saarland). Das Hinspiel gewannen wir 3:0 (Tore Dieter Schlaf und Wlado Dimitrijevic 2). Dank unseres Busfahrers Hermann Kückemük, der einen Motorschaden am Mannschaftsbus eigenhändig reparieren konnte, erreichten wir rechtzeitig das Stadion in Theley. FV Eppelborn verfügte nur über einen Grandplatz und musste nach Theley ausweichen. Das Rückspiel wurde zur Zitterpartie. Nach 0:3 Rückstand erlöste uns Wlado Dimitrijevic mit einem Tor zum 1:3 in der 89. Minute. Das Spiel fand im Prinzenpark statt (3000 Zuschauer). Mit 4:3 Toren zogen wir ins Endspiel ein.

DER DEUTSCHE VIZEMEISTER DER AMATEURE

Der Niedersachsenmeister Eintracht Braunschweig Amateure 1970 im Finale der 21. Deutschen Fußball- Amateurmeisterschaft.

Am 11.07.1970 unterlag man im Siegener Leimbachstadion vor 8000 Zuschauer (darunter Bundestrainer Helmut Schön) dem SC Jülich 1910 mit 3:0 (2:0). Herbert Mühlenberg (24. Minute), Manfred Claßen (29. Minute) und Heinz Rick (70. Minute) erzielten die Tore für die Jülicher. Schiedsrichter Helmut Fritz aus Ludwigshafen beendete mit diesem Spiel seine erfolgreiche Laufbahn.

Das Aufgebot für die Meisterschaft von Trainer Hans Georg Vogel: Gerd Bittner (Spielführer), Rolf Appel, Bernd Viedge, Wilfried Wipke, Rainer Slodczyk, Dirk Johannsen, Manfred Voitel, Eberhard Haun, Günter Hillebrecht, Klaus Schubert, Wlado Dimitrijevic, Dieter Schlaf, Michael Bartkiewicz, Wolfgang Dettmer, Rainer Koschare

Spielführer Gerd Bittner nach der Endspielniederlage:
„Die Leistung der Jülicher muss man anerkennen. Sie besitzen eine dynamische Mannschaft. Alle waren uns körperlich überlegen, dennoch haben wir uns mit letzter Kraft eingesetzt, wenn auch vergeblich."

WEITERE STIMMEN ZUM ENDSPIEL 1970

Bundestrainer Helmut Schön:

„Wir sahen ein gutes Amateurendspiel in dem die Jülicher in allen Belangen die Stärkeren waren. Bei ihnen lief alles harmonisch ineinander und sie waren vor allem im Mittelfeld stark. Bei den Braunschweigern war die Verteidigung sehr gut."

Braunschweigs Oberstadtdirektor Weber:

„Ist denn die Erringung der Vize-Meisterschaft kein Erfolg! Braunschweig ist jedenfalls stolz, daß es Eintracht so weit gebracht hat. Es wird Ansporn für das nächste Jahre sein, noch erfolgreicher zu werden."

Niedersachsens „Fußballboß" Wenzel, Einbeck:

Es war ein würdige Deutsche Meisterschaft, die die Jülicher verdient gewannen, weil die Mannschaft im ganzen cleverer war. Die Jülicher spielten aber auch glücklicher, denn Slodzyks Schuß gegen die Unterkante der Latte wäre durchaus einen Treffer wert gewesen."

Helmut Meyer Braunschweiger Zeitung 13. Juli 1970
Eintracht – SC Jülich 0:3 (0:2)

Einen Tag vor dem Endspiel in Siegen, Eintracht Braunschweig mit Trainer „Hanne" Vogel und Betreuer Gerhard Hensel

Foto privat

Der SC Jülich 1910 holte sich 1970 die zweite Deutsche Fußball Amateurmeisterschaft. Die Herzogstädter (Mittelrheinmeister) verteidigten den Titel verdient. Ein klar überlegener Titelverteidiger gegen einem eifrigen, aber in seiner Unterlegenheit stets fairen Gegner.

Jülicher Tageszeitung 13. Juli 1970

Foto privat, vom 11.07.1970

Siegener Leimbachstadion, vor dem Tor der Eintracht

DEUTSCHE FUSSBALLMEISTERSCHAFT
AMATEURE 1971

Deutscher Meister der Amateure wurde zum dritten Mal in Folge der SC Jülich 1910.

In Würzburg gewann der SC Jülich 1910 am 10. Juli 1971 das 22. Endspiel der deutschen Fußballamateurmeisterschaft vor 6 000 Zuschauern mit 1:0 gegen die Amateure vom VfB Stuttgart.

Bereits im Achtelfinale kam es zur Wiederholung des Endspiels des Vorjahres:

Eintracht Braunschweig Amateure gegen SC Jülich 1910.

Das Hinspiel gewannen die Jülicher vor 2200 Zuschauern mit 2:0 im Eintracht-Stadion. Im Rückspiel gewann der SC Jülich vor 4000 Zuschauern durch ein Tor in der 89. Minute mit 1:0.

Das Aufgebot von Trainer Hans Georg Vogel:

Appel, Kurzuweit, Viedge, Bittner, Buerges, Slodczyk, Wipke, Koschare, Vetter, Dettmer, Voitel, Dimitrijewic, Schlaf, Schubert, Friehe, Geppert

Der Braunschweiger Studiendirektor Hans Vogel, führte die Eintracht zweimal hintereinander in die Runde der Deutschen Fußball Amateurmeisterschaft. Im Achtelfinale unterlag man dem späteren Meister SC Jülich 1910. Trainer Hans Vogel nahm das frühe Ausscheiden von der leichten Seite: „Wir hatten ehrliche Absichten, die Jülicher ins Stolpern zu bringen, aber wir haben uns niemals Illusionen hingegeben. Nach dem 0:2 in Braunschweig waren wir im Rückspiel ebenbürtig und haben hervorragend gekämpft."

Jochen Döring, Braunschweiger Zeitung, Mai 1971

DER LEHRER UND TRAINER

HANS GEORG „HANNE" VOGEL

Hans Georg „Hanne" Vogel * 19.12.1910 in Kreuz Ostbahn; †
03.10.1994 in Meinersen, war ein deutscher Fußballtrainer und
Gymnasiallehrer.

Vogel studierte in Berlin Sportphilologie mit den Nebenfächern
Geschichte und Geographie. Der Schüler von Reichstrainer Otto
Nerz war Kapitän der deutschen Studenten- Nationalmannschaft. Er
diente im Zweiten Weltkrieg im Heer der Wehrmacht. Vogel war
erstmals von 1949 bis 1952 Fußballtrainer von Eintracht Braunschweig in der Oberliga Nord. Danach blieb er weiterhin als
Jugendtrainer im Verein tätig. Am 1. Juli 1961 übernahm Vogel zum
zweiten Mal den Cheftrainerposten bei der Eintracht, nachdem der
Vertrag mit seinem Vorgänger Hermann Lindemann vorzeitig
aufgelöst worden war.

Zusammen mit Lindemann hatten zehn Spieler den Verein verlassen,
so dass Vogel zunächst eine neue Mannschaft mit jungen Spielern
aus der Region Braunschweig aufbauen musste. Als Trainer trug er
maßgeblich dazu bei, dass Eintracht Braunschweig sich in der Saison
1962/1963 für die neugegründete Bundesliga qualifizierte. Da der

DFB einen hauptamtlichen Trainer verlangte, Vogel aber seinen Lehrberuf beibehalten wollte, musste er sein Amt zum 30. Juni 1963 aufgeben; sein Nachfolger wurde Helmuth Johannsen.

Von 1963 bis 1972 trainierte Hans Georg Vogel bei der Eintracht noch *seine* Eintracht-Amateure. 1970 führte er die Mannschaft in das Deutsche Fußball-Amateurendspiel.

Hauptberuflich unterrichtete Vogel Sport, Erdkunde und Gemeinschaftskunde am Wilhelm Gymnasium in Braunschweig.

Aus „Wikipedia" Hans Georg Vogel

DIE INDIENREISE MIT DER NFV- AUSWAHL 1970

Die Reise nach Südostasien, mit dabei meine Sportfreunde von Eintracht: Wlado Dimitrijevic, Eberhard Haun und Rainer Slodczyk.

Indien 1970 schon über 600.000.000 Einwohner. Suptropisches Klima mit sehr hoher Luftfeuchtigkeit. Ungewohnt für uns Mitteleuropäer. Auf den ersten Blick nicht gekannte Gegensätze. Hotels und geschützte Parkanlagen wie aus „1001 Nacht". Auf der Straße nicht vorstellbares Leid. Dazu die Kinderarmut, Fehl- und Mangelernährung.

Faszinierend und unvergessen die sehr große Herzlichkeit, die uns entgegengebracht wurde.

Fußball wurde dann auch noch gespielt. In Calcutta gegen die dortigen größten Vereine ein 1:0 Sieg, ein 0:0 Unentschieden und eine 0:1 Niederlage. Nach einer Flugreise in den indischen Bundesstaat Assam gab es gegen eine Provinz-Auswahl einen 3:2 Erfolg.

Abfangen eines Flugballs, Stadion Calcutta vor 80 000 Zuschauer, auf der Torlinie, Rainer Slodczyk und Emil Krause vom OSV Hannover

Foto Seite 73, Flughafen Bombay, NFV Auswahl nach der Landung

Foto Seite 74, Empfang in Calcutta, mit den Delegationsleitern Ernst Hornbostel und Helmut Saitlinger, Trainer Hannes Kirk von Hannover 96

Fotos privat

ERINNERUNG – SC LEU BRAUNSCHWEIG

Einer der erfolgreichsten Mannschaften im Fußball-Amateurbereich, der 1960er Jahre, war der SC Leu Braunschweig.

1961 und 1969 wurde die Mannschaft Niedersachsenmeister und stieg 1969 in die Regionalliga Nord auf. Der SC Leu steht für die damalige Hochzeit des Braunschweiger Fußballs.

Die Meistermannschaft von Trainer Ernst Naab:

Lothar Hoffmann; Peter Brauer, Wolfgang Brauer, Reiner Prüße, Helmut Neumann, Otto Möker, Rolf Möker, Klaus Blumenberg, Bernd Frodermann, Dieter Schmäler, Winfried Dux, Jürgen Haase und Gerd Nocon

Unvergessen die Lokalderbys gegen die Eintracht Amateure auf dem Hartplatz an der Humboldtstraße (ehemaliges Kasernengelände) vor immer sehr gut gefüllten Rängen.

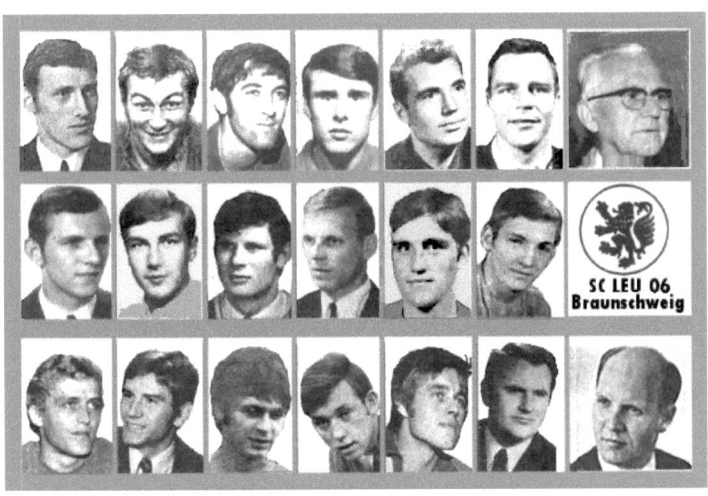

Regionalliga Nord 1970/71 SC Leu Braunschweig

Oben von links:

Van Tatenhove, Dramsch, Szarafin, Neumann, Rolf Möker,

Blumenberg, 1.Vorsitzender Förster

Mitte:

Prüße, Bodden, Nocon, Hoffmann, Peter Brauer, Schäfer

Unten:

Bartkewicz, Wolfgang Brauer, Dux, Haase, Zscheile,

Betreuer Hilleke, Trainer Jäcker

Foto, Autogrammkarte SC Leu Braunschweig,

Wolfgang Brauer

AUS DER FUSSBALLFAMILIE

1967

Eintracht Braunschweig Deutscher Fußballmeister

Vizemeister 1860 München

Torhüter des Meisters:

Horst Wolter und Hans Jäcker

Deutscher Amateurmeister: STV Horst Emscher

Deutscher Pokalsieger: Bayern München

1968

1.FC Nürnberg Deutscher Fußballmeister

Vizemeister Werder Bremen

9. Eintracht Braunschweig

Viertelfinale Europa-Pokal der Landesmeister, Juventus Turin –
Eintracht Braunschweig

Deutscher Amateurmeister: Marathon Remscheid

Deutscher Pokalsieger: 1. FC Köln

1969

Bayern München Deutscher Fußballmeister

Vizemeister Alemannia Aachen

4. Eintracht Braunschweig

SC Leu 06 Braunschweig

Niedersachsenmeister – Aufsteiger in die Regionalliga Nord

Deutscher Amateurmeister: SC Jülich 1910

Deutscher Pokalsieger: Bayern München

1970

Borussia Mönchengladbach Deutscher Fußballmeister

Vizemeister Bayern München

16. Eintracht Braunschweig

Eintracht Braunschweig Amateure

Niedersachsenmeister und Deutscher Amateur-Vizemeister

Deutscher Amateurmeister: SC Jülich 1910

Deutscher Pokalsieger: Kickers Offenbach

1971

Borussia Mönchengladbach Deutscher Fußballmeister

Vizemeister Bayern München

4. Eintracht Braunschweig

Eintracht Braunschweig Amateure

Achtelfinale Deutsche Amateurmeisterschaft

Deutscher Amateurmeister: SC Jülich 1910

Deutscher Pokalsieger: Bayern München

1972

Bayern München Deutscher Fußballmeister

Vizemeister Schalke 04

12. Eintracht Braunschweig

Die Torhüter von Eintracht Braunschweig: Horst Wolter

(13 Länderspiele) und Bernd Franke (7 Länderspiele)

Deutscher Amateurmeister: FSV Frankfurt

Deutscher Pokalsieger: Schalke 04

EINTRACHT BRAUNSCHWEIG AMATEURE
NIEDERSACHSENMEISTER 1970
IM WANDEL DER ZEIT

„Es ist viel Zeit vergangen, wir freuen uns aber weiter auf gemeinsame Augenblicke und gehen mit Zuversicht an die Herausforderungen von morgen."

In der „Wahren Liebe" 2018, mit Jürgen Mönig (Mannschaftsfreund und Kenner der Eintracht-Szene)

80

Im Jahr 2020

Erinnerung an das Finale um die Deutsche Amateurmeisterschaft, vor 50 Jahren in Siegen, gegen den SC Jülich 1910.

Zusammen mit Wlado Dimitrijevic, Bernd Viedge, Klaus Schubert und Wilfried Wipke, in der „Wahren Liebe". Gesprächsrunde mit BZ- Reporter Ralf Krause, pandemiebedingt im kleinen Kreis.

Foto Braunschweiger Zeitung – Ralf Krause, Oktober 2020
Foto Seite 80 privat

81

Dieses Buch entstand mit freundlicher Unterstützung von
Wolfgang Eberhard – 38 176 Wendeburg

Vervollständigt durch gesammelte Fußballdaten aus Funk und Medien von 1967-1972 – Braunschweiger Zeitung, Wikipedia und Zeitzeugen

Einzelnachweise, Bilder und Reproduktionen im Besitz

Für die vielen sportlichen Wegbegleiter seien hier genannt:
Christa Appel, Wolfgang Bode, Wolfgang Brauer, Wolfgang Grimm, Martin Hauck, Wolfgang Pech, Manfred Polle, „Locki" Wegener, Jürgen Schulz

Danke für Kritik und Anregung
Erwin Nagel und Jürgen Walther